es 1523
edition suhrkamp
Neue Folge Band 523

Der »ver-rückte Sprachinstallateur« Thomas Kling betreibt mit seinem ersten Gedichtband im Suhrkamp Verlag eine wild-provokative Erforschung unserer Sprach-Wirklichkeit. Seine Gedichte, *geschmacksverstärker*, verrücken die Sprache und installieren sie neu. Aus unserem »sprachfraß«, aus Wortbruchstücken oder Satzfetzen, gewinnt Thomas Kling neuen und *geschmacksverstärkenden* Sinn.
In seinen dichterischen Klangkörpern, die mit rasanter Happening-Gebärde eher die Bühnen-Performance als stille Zurückgezogenheit suchen, fängt Thomas Kling die »bestürzung der herzn« ein, belichtet sarkastisch das »outfit« und die »schrillen klausuren« in unserem Land, spießt »geschreberte idyllen« auf und beschreibt schockierend und verstörend die Brutalität unserer Welt.
Dabei gelingt diesem jungen Dichter eine »Vermeerung der Sprache« (Friederike Mayröcker).
Thomas Kling, geboren 1957, lebte in Düsseldorf, in Wien, in Finnland und wohnt jetzt in Köln.

*Foto:* Andreas Pohlmann

edition suhrkamp 1523
Neue Folge Band 523
Erste Auflage 1989

Erstausgabe

Satz: Hümmer, Waldbüttelbrunn
Druck: Nomos Verlagsgesellschaft, Baden-Baden
Umschlagentwurf: Willy Fleckhaus
Printed in Germany

2 3 4 5 6 – 94 93 92 91 90

# Thomas Kling
# geschmacksverstärker

## gedichte 1985–1988

Suhrkamp

# I

# rauchmelder

# RATINGER HOF, ZETTBEH (3)

»o nacht! ich nahm schon
flugbenzin ..«

nachtperformance, leberschäden,
schrille klausur
HIER KÖNNEN SIE
ANITA BERBER/VALESKA GERT BESICHTIGEN
MEINE HERRN .. KANN ABER INS AUGE GEHN
stimmts outfit? das ist dein auftritt!
schummrige westkurve (»um entscheidende
millimeter geschlagen«)
gekeckerte -fetzen
»süße öhrchen«, ohrläppchen metallverschraubt
beschädigtes leder, monturen, blitze
beschläge, fischgrät im parallel-
geschiebe; sich überschlagendes, -lapp
endes keckern (»gestern dä lappn wech«);
unser sprachfraß echt junkfood, echt
verderbliche ware; »süße öhrchen«, wir
stülpen unsere mäuler um JETZT mit der
(kühlschrank)nase flügeln (yachtinstinkt,
»paar lines gezogn«); nebenbei erklärter
maßen blitzkrieg/blickfick (JETZT LÄC
HELN!); havarierte augenpaare (schwer
geädert), »man sieht sich«, kiesel im
geschiebe, man sieht nichts aber: über
gabe/rüberreichen von telefonnummern
(JETZT LECKEN!)

DAS HAARREGISTER: bei
steiler fülle, grannig gestylt, hoch
gesprühter edelwust, fiftyfifty,
gesperberte fönung, cherokeegerädert,
barbieverpuppung, teddysteiff, »sekthell
ihr busch«, weekend-allonge, Yves-Klein-blau,
pechschwanz, schläfenraster, freigelegte
schädeldecke, »um entscheidende millimeter
geschlagen!«
(von der kette
gelassen; bereit, zeitig, zum sprung;
zum absprung bereit, die jungens: paar
kanaken plattmachn, gefletschte pupillen,
panzerglasig; vollgestopft mit guten
pillen werden sie dann unter vorrückende
tanks gejagt, »haste ma ne mark für taxi«);
gerädert, bei steiler fülle, OP-bläue,
pechschwanz, schädelraster, ums ganze
haarregister laberschäden; sicherheit ja
die einzige ja: UM FÜNF WIRD HIER
DAS LICHT ANGEHN .. DAS VOLLE LICHT ..
AUFTRITT VON PHANTOMSCHMERZEN .. UND
ANGST DAS KALTE LAKEN

## KLASSISCHES RESTORANG

zaghaft auf sendung, die seitlich
angesetzte watte; dir sag ich über
deine zuckerwange was, bemerkenswerte
(dochdoch: »zungenschulter«) broccoli, daß ich
dir deine zuckerwatte abzock; was ver
lautn deine brauen? nasse flügel? beid
seitig näglein, hochtourige schläfn,
recht ausgekochte stirn  sogleich
thematiktöpfchen angesetzt;
TOILETTEN-BREAK;

was für ein seidnmaul!, was neues ausgekocht:
ins feld geführte ohrgehänge, die augn
brutzeln knattern, getimtes aszendenten-
knistern; in tierverkleidung, anvisierte
seide, gibts keinen heißenbrei; (nur kurz:
mit näglein besteckt? bin ich die ab
gezockte watte?)
dann kommts; die post geht
ab! was für ein blick bild anblick ton,
kaum seitlich diesmal! die glatte postwurf-
watte, unzerknüllte sendung, das mündetmün-
det, »zucker! zahln«

## ÖFFENTLICHE VERKEHRSMITTEL

akribischer aufriß, jede menge
handzeichnungen, faustskizzen und
zwar beglaubigte FILM SIE ZUNÄCHST
EINE ÜBE RSICHT (RASIERMESSERTOTALE)
GEHN SIE DANN NÄHER RAN und abgefahren,
das goethesubstrat, regieanweisung:
hüsteln;
                geduckt, hinter einer ky
rillischen schreibmaschine: ejsenschtejn
nein buñuel;
                    »ab
gebrochn!«, »eingedrungen!«; geglittene
badende klinge, sogleich minimalistischer
gong: jedesmal wieder dies hochgeri
ssene tonband!, (am ende abgebissn);
eine durchs taschntuch gesprochene
digitale frau die ihre haltestellen
verkündigt (»gefroren gemacht«); »ausaus-
aus!«, ins bild gerecktes stroheimkinn;
so rushhour drin und draußn dringt in
die köpfe, ballungszentren aufgekratzt;

(»beiseite gesprochn«); FÜHRN SIE SO
DENBE SCHAUER DURCH EINE EINE HALBTOTALE
WEITR INDIE SZENE UM deutscher monat,
angeritzt in der verkehrsmitte, deut
licher november, hingestürzte -nacht;

(»bei ungeputzten scheibn«)
-bedeckungen, blindgebliebene hände; auf
gekratzte knallige pärchen, speedpärchen
angeknallt (»gefroren gemacht, nachts«);
die in miles davis' trompete gebannten
amphetamindandys, ihre in abgestürzter
johannisnacht -belichteten augn DEN
DRÖHNENDEN BLOCKSBERG INSZENIERN WIR
AUSSER VOGELPERSPEKTIWE (REINGESCHOBNER
PROSPEKT, KAMERA UNTER STECHAPFEL);
unmittelbar: das hexen im dealerladen;
mit überbelichteten augn freundliche
gebrechliche punx (abgestürzt); am haupt
bahnhof gegrölte ortsangaben, rein-
schüttende fans, anweisung: heraldik und
dosnbier; (ab) JETZ FLIEGN! GLEICH! DILÖCHER
AUSM KESE! (brechn), weisung beiseite:
BESEELTE NATUR!;
»sonz noch was?«, »wie
butter einge ..« SCHLIESSLICH IN GROSS
AUFNAHME ZEIGN WAS IM EINZELN VORSICH
DEHT
gebrochene flie
snbläue, halluzinierter meerschaum
schnitt reißverschluß schnitt an offenen
samstagen in heißn bädern die durch
gehend geöffneten pulsadern, gretchens
roter badezusatz ein eingeweichter
anblick HIER KEIN ZITAT! offiziell gegen
nulluhr beglaubigter aufriß, gretchensuppe
unter verschluß; strohs augn (»tief ein

gedrung!«, »knallt rein!«), aus eingestü
rzter perspektive diverse nasnsounds, solch
reinknallender underground, ausm off oheims
stimme: hope you girlies don't hold no hard
feelins 'bout t'nite ..

(für Juliette Tillmanns)

# DÜSSELDORFER KÖLEMIK

sorgsam
gebräunt; blondiert im hautkot-
ürfummel, getrimmte zungen; flaumige
bällchen über den pfoten, die
kahlen hinterteile GROSSZÜGIGER
HERR SUCHT DAME ZWECKS TAGESFREI-
ZEIT das stolzierte, das getrippelte,
mostertfarbne pisse sondern die ab
in regenhaut verpackt: zurecht-
geschorne silberpudel;
(in anwalz-,
in zahnarztpraxen hängt penck
an der wand, »beschissene düssel
dorfer schule«);
HOCHGLANS, ABZÜGE
AUF BARYTPAPIER
im wortgestöber,
getrimmte zungen, die schneenasen;
unter gedimmter neoninstallation
die beine schmeißen EINE HEFTIGE
NERVENREVUE; stöbernde lawinen-
hunde bei pöseldorfer longdrinks;
an der theke katastrophenkünstler,
kralle im fischgrät (marcel duchamp
rotiert)
»reden wir mal fraktur«,
»klar, typisch steinbock«;
die groupies

nippen am tequila, sunreis im grafen-
berger wald: im wildpark das ewige
rehefüttern POUSSIERLICHE SONNTAGS-
FOTOGRAFIE; »Auf der Hardt« ein
kinderspielplatz hexenbrennplatz,
recht spät (1738):
»der Theufell:
.. so in Gestalt eines schwartzen
Mans .. so eine raue Mütze undt ..
stumpfe schuen angehabt«; das lodert
vorm unabgeholzten forstrest, kopf-
rest gründlich ausgeschildert! KEIN
MOHN UND/ODER GEDÄCHTNIS!
ab jetzt
huschen meerkatzen durch deinen
kopfzoo, glotzen aus deinen grünen
augen, aus meim meerkatzenaug blick
ich dich an: wir alle werden grüne
augen haben (...);
schützengrün, schweiß;
torkelndes schützensilber, das peloton
legt rotgesichtig an; geflüsterte
bordelladressen, im wespenmonat
schießen sie den vogel ab
HOCHGLANS,
LICHTEMPFINDL FILME, ABZÜGE AUF
BARYTPAPIER
»wodka ist angesagt ..«

## STOLLWERCK: KÖLN 1920

im -immer, (»auch rauch-
warenhandlung«) hinterzimmer extreme
kelle, unterunterkellerung, gesammelte
kellerrunen meine herrschaftn!; (wenig
später, jetzt schon: »MAA-
LÄÄ-
RISCH«;
keine klettensituation, schon gar nicht:
»asselglück?«; also im HIN TERZ IMMER, immer
mehr sammlergestammel, täglich »MEHR!«; oder
sone scheiße wie »stallgeruch«;
kein also
zitzeneimer weitundbreit, und täglich breiter
in der südstadt, ist ja auch bekannt seit
jahren, perfide niederlegung wider willen;

»sagtn sie: es zieht, lieber
zitzenheimer?«; auch gotha, hardcore-gene
alogie;
*ERGÄNZUN':*
GNEISENAU, lammriß von
martha eugenie v. geh
pizza von gneisenau
gyros von zieten
kebab v. moltke, atlas von
seydlitz UND DER LETZTE KONKRETE KALAUER
KOMMT DANN »BITTE MIT GESCHMACKSVERSTÄRKER«

# II

## wien. arcimboldieisches zeitalter

(für Ernst Jandl)

»so gingen sie durch
waffn bluthund leichn im
dunkel dahin, anmut:
zwei löwn gleich . .«

I

WARNUNG VOR TASCHNDIEM! susi
heidi, sgraffito im seitenschiff;
chorgestühl bekritzelt, schwach;
herumgefahren werden die ewign-
lichter, bärtig im wespengekrächz:
»präludierende lichtbrause!«;
                                        die kahle
strenge, gebetsstränge, strangulierte (»in
b?«) märtyrien; gott mars!, abgefeierte
donnerstage! im umstürzlerischen wald,
krongeseufz, die krachenden eichen;
das vier-, das vielfache: entfachte
parler, »betet an«, die die saitn, über
ladene in die -altäre (»etw. zum klingn bri-
gn«);
        wo koksdämon, gräßliches plakat
(bonbonpapiere, italienisch hingepappt), wo
ungenügende abwehr frazze und pu
pillenteller, hat (wenn er da gekauert!)
hatte er, TRAKL, dahier (»in g-dur«),
vielleicht hockend in entzugskrümmung . . das
erstarkn der orgel (obnhoch), daraus
der flammwerfer speit, wilderndes
herz und ab-
bruch

(für Friederike Mayröcker)

2

EINS, STOCK-IM-EISN-
platz darauf das chrysanthemen-
teepee, wassergespeist; langsam ge
streichelte augen . . dahinter die
sandler, arge bezichtigung (in l);
unsicher, in die gesichter geschwan
kt die flachn hände, hergestotterte
alkoholikerfaust; die zwitschern
in kodakkolor  fiakergäste;
cara
mustapha!, die sichel
belagert die operngasse; körper-
belagerung, noch immer; dic ver
dammten, die spritzenschübe, mar
tialisches kontroll
organ

(für Dirk Schaper)

3
(»preis der tapezierer«)
sitz!
sorgsame hundeschur; die insignien,
die leine trag ich um den hals;
das endet
mit striemen, mein kind, auf gesäß und
rückn; deine verbrannten weichteile!, braun-
getretne brust! (...);
deinen genotzüchtigtn
körper beklag ich, blosfüßig bar dein
jüngstes herz (»die liebe tote«) angesichts
dieser zerrissnen scham, kopfschüttelnde
gerichtsmediziner

4
(»linz: pöstlingberg. die möglichkeit einer
notbremsung«)

4.1
pestamulette, gehütete annenhand;
hier dürfn nur schmiedeeiserne
††† aufgestellt werdn: 1895, um
2 1/4 h früh; allhier; bordfunker,
wallfahrtsseel (»westphalen«); alt-
eisn ans mäuerchen gelehnt, ge-
knickte -sorger

4.2

»lans tringue!« (rabelais);
die landsmannschaftn der buchen
landdeutschn donau
schwabm kar
patendt siembürger etndeutschm
saxnsud auf marmelstein, im winter
gesperrt ausgenommen hoch
zeizfahrzeuge

4·3

die einsteigtüre
durch geeignete mechanische mitt
el offen:
mit gläubigem herzn
flieh aufs neue geliebte MUTTER
ich zu dir DIE KUNST auch die kunst
eines zweitn arztes vermochte ihr
das augenlicht nicht zu aufjubeln!
die noch vor kurzem von kummer u. leid
bedr / sie fühln der h. hat an ihn
geübt barm DIE MUTTER entlief die
kl. maria der hand der mutter eilte
nach vorne und betete laut: BITTE
HIMMELMAMI AUGI GUT WERDEN LASSEN ICH
VERSICHERE DASS ICH DAS MIT EIGENEN
AUGEN
DAS KIND das heißer-
flehte das kind das 1 1/2 jahr nichts
sah konnte NORMAL sehen DIE MUTTER
sondern hielt an maria ist jetzt
29 jahre alt und mutter von DER VATER
der vater ist bei der vöest angestellt
DIE FAMILIE läßt die familie ihr elftes
kind studieren damit es p. werden kann

4·4
block zu 10 stück: b) für berg
bewohner mit ausweis, österr.
rotes kreuz im dienstkleid, in
valide mit straßenbahnmonatskarte und
für hunde DIE HUNDE MÜSSN AUSNAHMSLOS
EINEN ZWECKMÄSSIGEN MAULKORB TRAGN

4·5
(»bellevue«)

1914 VIRIBUS;
dies also die caféterrasse;
aus den schloten ausstülpungen,
hochgeschobene hüte, raumgreifend,
diesige ausuferung;
»jetzt ist pilz-
zeit«, unterm doppelbildnis (eineiig) kaiser-
licher katatonikerblick (einigeinig); es
kühlt der tee ab, die unermüdlichen
eigenschaften der zuckerstücke, im tal
qualmende aszendenten; die luft
stigmatisiert, gekappte fernsicht
und -blicke;
treppe runter,
dem pfeil nach: SENSATION!, WELTKATZ-
HYGIENE, IGEL-SEX LUSTRAUH-SUPERFEUCHT
UNITIS 1915, das sind aussichtn, auf
den tischen unfaßbarer wallfahrtstinnef,
ein marokkanischer ober; mit dieser
scheibe reinige ich meine fingerkuppen die
pilgerzitrone spritzt in die gegend

5
(»waldviertel. ottenstein«)
unterm grenz-
mond grinsmond, voll; -gierige
dahlien, staketnstrunk; die volle bild-
stockflechte! (grenzbild, die schläfe
zugenadelt): gewucherts marterlland,
böhmische backenknochen, keltenmund, greif-
bares pfauen
aug! der nacht-,
DIE ACHSNMACHT, EIN RIESENHAFTER
WAGN, der nadelfrost tritt auf; geduckt
-weglos beim mittelstreifen, kein schutz
der igelpanzer;
gezirpte wiese da,
klarapfel (»kaltn zahn gemacht«), da
SAUSUNDBRAUS: der baum, so weidenart; bei
nahem hinsehn landepisten; gebraust!
insektenwucherung

(für Werner Kodytek)

6

(»penzinger schreittanz«)

gaumen-
segel gehißt, schutzengelchen
abgedreht: den würgeengel installiert
bei ignorierter warnvorrichtung; häß
liche botschaftn langen ein (»hand-
habung wie immer«);
überlagerte bänder!,
fading, stimmband gekappt, auch der
zum schweign gebrachtn landschaftn;
aus der membran, gekrächzter kehl-
kopf: die trauermessage, entstellter
hergekrächzter code (in fliegendem
wechsel auf den kaminsimsen der krähen-
vocoder); einstweilen unbeschadete
-nische hier, engerwerdende kluft ZU-
GESCHÜTTETE IM KOPF BIOTOPE:
knir-
schend unter den schuhen verschüttungen,
mexikanische brocken, weggesacktes kranken-
haus; am vierten tag dann kehliges röcheln die
hechelnden retter konnte man hörn, umsonst
anschlagende hunde und frierend die ratlose
hundertschaft überm rastlosen atem überm
rest DIE FREMDERWERDENDEN VERSCHLEPPTN
SPRACHN, WACHSENDE SEUCHENGEFAHR, DIE
DÜNNERWERDENDEN STIMMEN: GEBEN
WIR ABC-ALARM

(für Reinhard Priessnitz)

# III

# krepierendes licht

# GESCHREBERTES IDYLL, FÜR MIKE FESER

seit acht gekokelt (»lüftchn wi
ausm ei gepellt«); zur erdbeerbowle
kommen kellergeister, brigitte-
leckerbissn reingezogn, pfundweise
fleischsalat und ersma bratnsaft
auf die krawatte;
                                        schon unerbittlich
urlaubsdias durchgejagt AUF EINZEL-
BILDER MUSS VERZICHTET WERN; auffer
terrasse volle pulle, allseiz gesichz-
entfachung angesagt, mallorcamild der mond
im quittenbaum (»den schein ma wieder
losgewordn«, »sollja n mongölchn sein«),
pappteller läppern sich im rettich-
schattn, nachundnach: rührseligkeitn!,
männertreu! mein lieber herr gesanxverein!
der rettunxsanitäter skatgesicht, die
ärmel hoch die fahnen später
                                                            & nebnschau
platz aufgemacht: -glas an kompottglas
nahbei kartoffelmuff, danebn vaters hobby
keller pralineposter an der wand DA ZÜKKTERS!
BOHREGGWIPPMENT!!, mit kettschuppfingern mit
karacho in irgendeinen feuchtn neilon-
slip (..)
              da draußn weiter horrorvideo; g
gröhltes faßbier undundund, wildschwäne-rausch
aus allermund, dem schwulenwitzchen folgn

(glas ex) kräcker WER HAT DEN SCHÄRFSTEN
GARTNGRILL? WER HAT DI SCHÖNSTEN SCHÄFCHN?
  WER
HAT DAS GHETTO BOMBADIERT?, vor schluß die
stachelbeeren vollgereihert; (»irgenzwie
nach haus geeiert ..«)

# BUSLADUNGEN

puttengrün;
geharkter kies, »DER RHEIN IN
FLAMEN!«; das moost so schön,
das west!
betongestützte ritter-
burg, die schlößchen schweinchen-
rosa; bengalisch abends: pavian-
hinterteil;
filzlatschen kellerfarben
(muffige assemblage); der stolze
kastellan! (»den westflügel ham wir
NEU renoviert«, »gesandstrahlt hunger-
türmchen«);
ein hochberühmter schreibtisch
(FOTOGRAFIERVERBOT); intarsien im
knebelbart, ein ahnengähnen; dauerhafter
ludwignippes, die bibliothek im krieg
ein bißchen abgebrannt;
so angefressnes
blattkapitell, KAPITÄLCHEN WERDEN
INSTALLIERT, erfrischungstüchlein rum-
gereicht; die hand (»cleveland/ohio,
osaka zuhauf«), die hände ins wind-,
ins wasserspiel getaucht ACHTUNG!,
die busladung vom niederrhein! da gibts
noch einschußlöcher;
sind alle da? jetzt
wird der wein geprobt, lecker möselchen

mit doppeltem perkeo, silverlöffelchen,
geprägtes duodez DAS BUNTE RÜDESHEIMER
WAPPM; den »Alten Elephantenfriedhof«
schnell noch inspiziert.. NICHT AUF DEM
RASN SPUCKN! PFAUEN-KNEBELN UNTERSAGT!

## DIREKTLEITUNG

tritte gegn die -flügel gegn
gerangelte wühltische, ein
von-der-kette-gelassn!, unsägliches
drehtür-vaudeville und nicht sagbare
absagbare mühlenauftritte; fütterung
der raubtiere: am gerüst primatn-
gehangel, sumsemänner krabbeln, im
lakngewühl ein stallgerammel unwieder
bringliches insektnsystem oder kluge
witterung der wanderratte;
gerüstet; aufm
bau aufm turm die sprachpoliere (siehe untn,
kelle hoch) laute schlagend, lauteschl
agend zur rapunzelstund, belinste luke und
abgestiegn zur siebtn sohle: kienspan tropf
stein augnklapp; auf blutgerüstn, vorne
wird tapfer gestrickt, weiterhin das schwuppdi
wupp: kopf losgewordn, stückwerk hingekegelt
(»wirklich, ganze arbeit«);
gerüstet, wander-
stäbe für alle; hinter den stäbn in den
etagn im betoniertn granit: das flipperge-
flackert (»fink wie leder«, »leda an schwan
auf stahlfrequenz«, »zäh, windhund & fleißig:
kommen«, »plan 3, anruf genügt«), das auffla
ckern und auslöschn strohbässe fisteltenöre
feierliches kastratntum im bunkerchor, on stage
walkürensounds zischender prothesn: SCHON ACHZICH-

TAUSEND VORSTELLUN'! UNSRE BELIEBTE KONVENTION
ELLE NAPALM-OPERETTE! INCLUDING
  VÖLKERJACKPOT!
(»dochdoch, ganze arbeit«);

(»treffliche cs-granate«)
                              im ruhe zustand die
schattnmodelle; voll goldammerscheiße
schattnmorellen die augn, zugefiedeltes
heupferdohr, vom krausn mündchen quatscht
die entngrütze so stiefeln dichterzombies
bei neumond dreimal um den erlenbaum und
bis-zum-kotz-dich-aus das teufelsmoor
durchmessn; rührendrührendrührend pflatscht
lehmannscher kompott in rilkes einmachgläser; ja
ja, äpfel-im-schlafrock (handpoliert), schönge
strähntes sprachelchen im geibel-quast oh
geschlummerte inkontinenz im schnucknland, mil
dere leichnkosmetik VERKEHRSKONTROLLE
DÜRFNWAMA/
SIE HAM KEIN PROFIL DRAUF/TUT MIR LEID und wei
ter ruhezustand, gedehnter lorbeer, schnabel
tassn UNSER PARLIERMEISTER EMPFIEHLT: auch
den kuckucksuhrn & herrgottschnitzern von das
kritik kräftich auf die hohlen nüsse; im ü
brign gilt (die tatn untn, s. o.): pralinenmeisterin,
zeig dein kandiertn schoß!

## VERKEHRSFUNK

anbei ein besonderer grün
donnerstag
                    es nähert sich NOCH
NICHT IM BILD der ernste laichzug,
geduckte landfahrer; kriechspur
drauf zu, schon böschungsquerung;
betritt unkend die bahn, schiebt
sich zur fahrbahnmitte JETZT IM BILD:
die komplette krötenwanderung! (geblähtes
spiegelglattes basedow)
                                        ach autobahn
kreuz, vergebliche manöver
                                                »heinz!
der wagen bricht!« (bei ins feld segelndem
vorderreifen); schons blech zusamm-
geschobn, verkeilt, entgrätete karossen;
-teile, gestierte rufe, rußhelfer
SCHÄRFER STELLN über teile stolpernde
seitenschneider, rettungssanitäter
GENAU IM BILD hinschlagend im löschschaum
im krötenbrei  in gesperrter trümmer
landschaft (»viehische veranstaltung«
»aufgespießt«, »glatt abrasiert«);
aus offnem wagenschlag dazu ein polkaschub,
verkehrsfunk meldet: »vorsicht
krötenwanderung«

(für Mike Feser)

## WALDSTÜCK MIT HELIKOPTER

»da die schatten
sich einbuddeln, die tage  wimmelndes
mäusenest  sich rasend vermehren und frisch-
operierte verstrahlte engel in ihre
krebshäute eingenäht die augen
zur dekke richten . .«;
WEITE RIMTEXT;
kein jogger;
die hand am gemskrickelgriff auf belichteter
lichtung, geblendete lichter, nacht- und
pechblende; nach tierblut riechender
kofferraum; gereckte eisenopfertiere,
die krust an der schlinge;

(»als hirschfänger«)
ins bild springend;
von der bundesstraße  gerecktes geweih
im warnschild  direkt ins wohnzimmer
gegenüber der schrankwand springendes
-wild; (»sehen sie die fotografien, diese
fototapete! sehn sie sich das an!«)
ein blau
hechelnder jogger und WEITE RIMTEST;

über unsren köpfen die drohne!
und abgeschwenkt; die druckwelle
entfernt sich, nachdröhnendes
hubschrauberohr; hochhackige spazier

gänger und silben (»waldsilber«, »ein
milder abend«), vorbeihastende joker;
treibersuff im restforst und jagdherrn;
gekonnte abschüsse, besudelte zweige,
sprachquoten erfüllt, ebenso sperber-
abschuß; die strecke nummeriert und
preschend zuschlagende herbstmanöver (»am
brennenden waldrand MG-nest ausgeräuchert,
kaum flurschaden«, »fröhliches fuchs-
vergasen, halogen!«) durchs holz
brechen die leopards;

                                        ent-
farnung!, ».. die weite im text da
der farn braun wird, die tage sich
besudeln tarnungsgemäß und
in der ferne ..«,

                              (schon entfernt)

# BLUTBILDER, ANSICHTSKARTEN

ebenfalls
decken-, deutliche blutbilder
die sich weigern zu trocknen;
brust-
bilder (glänzende -warzn), leporellos die menge
aus vollgeatmeten brutkästn; es sind
die säuglinge, säuglingsfäuste, die
gefallenen im goldrahmen, die aus dem
rahmen gefallenen kinder die schleichenden
schläuche sind das!, wuchernd sich mehrende
medusenhäupter, daraus das vorschnellende
haar! (»wir kommen zu buonarrotis schlangendrossel«,
»gestern drei durch -spritze hingerichtet«) es
ist die vom wechseln der katheterbeutel hand-
warme hand (»spanisch, wieso?«);
GEBRAUCHSANWEISUNG:
a) die gummiponchos ausgeteilt b) unter gewinselter
seuchenpelerine c) falls greifbar: handvoll
tablettn ALARM, ja jetzt haben sies geschafft
ihm das zeuch in die vene zu jagn; aus anderer
sicht (zettel an der zehe, die letzte ansichts-
karte): »zeig mal diesem goya das -eisn« UND ES
SOLL EIM NICH SPANISCH VORKOMM?

(für Claus-E. Bärsch)

# SEHSCHLITZE UND RÖNTGENBILDER

durchunddurch, fühlbar;
in städtischn, in ländlichn
umgebungen, in länglichn gegenden
also durchführbar zu reiner -hermusik
zittermusik (»üben wir«);
üben wir mal:
die sicherheit, das kräfteloslassn:
(»sicher heizkräfte, drastische heizarmee;
fatale körper, herzkörper geschultert«), in
fatalistischem leder, in grün, in schwarz und
andere sommerschnitte, gedeckte farbn der saison,
hinter glas plexiglas, phalanx augenpalme (»gesichts-
vitrine geschützt, die schirme im griff«);
bildschnitte stimmen, sowie abgeriegelt
im handumdrehn und einfache handgriffe; am
rechtn bildrand (abrichtungen) öffnet jetzt ein
LAMMRISS VON GNEISENAU die megafonlippm,
bedeutung:
ab die post; nochmehr ablichtungen, während die
luft zugeschraubt wird, gerangel und gerammelt
voll die luft (benutzte räuspertaste), voll
von wasser, von gertrudes stein, von metallen und
wasser, gewässerte masse, regelrechte wassermassn, ge-
bietsweise tiefdruck, tieferer augndruck, hagel und
niederschläge, gpfefferte wolkn, ein letztes
röntgenbild, und jetzt, damund-herrn, brennt
uns eben der text ab, geradewegs räuspertaste

## EINS VON GOYAS PROTOKOLLEN

wurfanker (kolonial) ins geenterte
land gekrallt, und bewegt sich nicht;
den rötelstift (verwachsenes utensil,
UNSCHEINBARER SEZIERKRAM) den
siedlungspferchen, dem staubigen
wellblech unmittelbar genähert
in der brüllenden hitze, und los:
der ungezitterte strich fördert zutage,
straft die zahlen lügen, hält die massa
krierung fest, auf gedeih
und verderb;
                    »schauderhaft, treffend!«,
»aparte treffer!«
                        schlagstock ghettosonne:
steine senken sich zum polizistenarm,
gegenantwort mündungsaugen; das rötelt
(apart) von der bantuschläfe, verläßt
die fünfzehnjährigen schultern, schießt
wie nebenbei aus den herzbeuteln die
schmatzenden fliegen
                             auf! gedeih! es
soll ein guter wein dort wachsen; bei uns
mischen die schwalben sich jetzt ein

## TERRAINGEWINNE

bespritzte tapisserie, arabeske mit
einschußlöchern, kehren wirs untern
teppich:
                    querschnitt (lähmung, aphasie
vom kopf abwärts), offenlegung einer
geduckten häuserzeile, eines druckreifen
viertels in SAGEN WIR beirut;
die verkrustete strähne isfahan
(rotgesoffne gaze), und SAGEN WIR RUHIG
bagdad, trepanierter schädel (grauer
verband, halb übers lid gerutscht):
übergriffe, operative eingriffe an
unseren unbetäubten, bespritzten
leibern SAG KADDISH! bei abnahme
der fensterkreuze, offenbarung ganzer
häuserfronten GUCKKASTENBÜHNE FÜR
ZWANZIG UHR/MEZ
                                        rieselung; stockwerke
abgesackt, straßenzüge niedergelegt (wir
sehen bis zum horizont, da gibts immer
neue wölkchen-wölkchen); begutachten wir
das innenleben der mauern: glatt
rasierte stahlträger;
                                        das gerinnt,
rieselt immerzu; kaftangestalten,
in ihren kehlen, kniekehlen tackern
nähmaschinnadeln: so stochern winselnde
männer im frischen schutt, ein lippen-

loses klageweib hält etwas fest, da;
im laufschritt mörtellunge, erschütterungen:
grad rieselts wieder, maschingewehrnadeln,
das gerinnt;
                    ernste kindsmiliz überm
geretteten transistor; ihr minenspiel
bei sportpalastverlautbarungen der
kragenspiegel; kindsmiliz, arabeske
morgenland, ihre geronnene
s a n d s a c k k i n d h e i t
kehren wir untern teppich;
                                        DIE
-ERSTATTUNGSUNTERNEHMER:
                                        ungeschlachte
fotosafari, heia, textsafari ungeschlacht:
»rindenfeld 39 (urnenfeld) zurückerobert«,
»soeben erreicht uns«, »broca unter
beschuß«, »vorgepreschte jeeps, terrain
gewinne«, »unseres nah-korrespondenten
paul broca«, »schuldigen sie die ton
qualität«; virulente einstellungen,
blitzende objektive, diktafone griffbereit,
gezückte belichtungs messer, perfide
fernschreibung GUCKKASTENBÜHNE ZWANZIG
UHR, SAG KADDISH!

## ROSTSCHUTZ '43

navel nie;
            na, nabelgelb, schwein-
furter grün (hermannstädtisch) und
die andre rastafarbe; -gedehnte raster
fahndung brodelnde kessel »zurück!«,
»aus«gehend auf die einführung der
pickelhaube 18
43

(für Oskar Pastior)

# SCHLACHTENMALER: HALBER KIRSCHKUCHN

1

turnusgemäß glashüpfn; g
sprungne gesplittert nach allen seitn
fensterscheibn unter weithin sichtbar
phosphorbäumen, niederprasselnder wald
ICH BIN I SPORTPALASTREPORTER, I KRIEX
BERICHTERSTATTER, ALSO SCHLACHTN-
MALER
bruegelsches hinterglas,
goyas federführung; fliegengegangne glied-
maßen, erdekehren und auf dem schulweg
rumgezeigte -splittersammlung;
abgesplittert,
krefeld '44: behandschuht ins bett g
kauert, hockergrab, der kohlenlose nachbar
(physiker?), gezittertes in händn aufg
schlagnes buch;
STELLEN BOSCH-HÄMMER HER/
KONSTRUKTIONSZEICHNER IM GEHÄUS/DONNER-
VÖGEL FEHLERLOS/»VON-FINNLAND-BISS-ZUM-
SCHWARZNMEER«/VERTRAXPARAFFE DURCHGE
SPIELT/GETAUCHT BIS NACH PRETORIA UND
TOTGESTELLTER SILBERFISCH; brandmalerei
höllenbruegel: tapsige splitterbödn und
(turnus, »gewohnheitssache«) stoisch die
großmutter beim geranieneintopfn, erde
gekehrt zuvor im kinderzimmer;

2

gekehrte erde; (»war '39, plageplage,
nich dieser wespnsommer?«) WAS NICHT ALLES
RUNTERKOMMT!/GELANGWEILT HINGENOMMENE G
SCHICHTE/FAMILIENBESITZ: ZUR LINZERTORTE A
NEKDOTN/WAS ALLES RUNTERKOMMT;
geladn!
nun mal ruhig: ich war mit 18 (flanierter
park, george-klima, mit nazi-tineff zu-
gestellt, darin genickte fabrikantnwittwn
sich ergingen) zu gast in »meistermeister!!«
brekers atelier: »mein albertspeer-freund«
(o-ton ende); zugang verschafft? blaublonde
tarnung, ich pflege elefantnohr zu sein,
bin wespnaug als schlachtnmaler;
gedunkelt
augnblei, gekehrte erde; geschichte raus-
gesplittert, totgeglaubt: als mein (groß)
vater nachts GESTOCKTES PROTOKOLL, g
kenterte reichsbahn, seit tagn unterwegs
in ungeheiztn höllenzügn, die kettnhunde
permanent, nachts in der tür stand
KREFELD-JANUAR, VON STEUBENSTRASSE: SEHR
KURZ VOR HÖLLENSCHLUSS, GESTOCKTES
PROTOKOLL verdunkelungs-tafelbild,
entgeistert frauundtochter (totgeglaubt!);
als der großvater vor hunger den
halbn kirsch-, geburtstagskuchn
aß kurz vor dem untertauchnmüssn (..); erde
gekentert/kenntnisnahme/rausgekehrt
(für meine mutter)

# ZIVILDIENST. LAZARETTKOPF

zur decke gerichtet;
aus urnenaugen (»alzheimer und
parkinson«) blicken die
bettlägerigen uns an, an uns
vorbeisterbend;
geflutete schützen
gräben, »monatelang rattenschlaf,
die bajonettangriffe ..«; drahtverhaue,
spanische reiter; sich vorarbeitende
krabbelnde tanks; in heizungskellern
angeschlossene verhörkabel; durch-
brochene panzersperren, eingekoteter
luftschutzwart;
auf gezackten (zackigen)
photographien GEBLIEBENE UTENSILIEN
die ungesunde haut, übermüdete stimmen;
messer und anker zusammengesunken,
gestärkte schwesterntracht, daran
die rotkreuzbrosche ein verbandsplatz
(»kreuzburg/oberschlesien«);
in den frisch-
bezogenen laken gebunkert die bomben-
nächte, nähte, UNBEWÄLTIGTES KOPF
LAZARETT, LAZARETT-KÖPFE daraus
die flammenwerfer speien, gespiene
kindsverluste der trümmerfrauen (»als
feuerwehrmann vor -grad; unaufhörliches
flammenspiel, die frauentrümmer«);

in schleiflackregalen erblindete
kegelpreise, gedenkteller und
polierte -münzen; den feldstecher
vor augen, gekitteter reservistenkrug
oder gesplitterte fliegerbrille (»hab
mein leben nur wechselschicht
gekannt«);
                    auf der pflegestation
(»zwoter schlaganfall und wund-
gelegen, faustgroßer dekubitus«)
die essensgerüche, scharfen
putzmittel und urin;
                                        auf den (nacht)
tischen dünnen besucherblumen aus;
in zigarrenkisten gehortet: die
rostenden orden, eisernen kreuze
DAS GANZE WELTKRIEGS-TALMI,
VERSENKTER NIBELUNGENSCHATZ, DIE
LETZTLICH GEBLIEBENEN UTENSILIEN!
ach, faltige heimatschüsse, stümpfe,
entmündigte witwentrauer  anekdoten
der toten

# LEIDENFROST. QUELLENLAGE

1
beobachten wir die glühenden
die tanzenden jünglinge, (»nein
dr. leidenfrost«, »phänomene
rund um die uhr«) DAS UNGELÖSCHTE
MENGELE VIDEO;
ihre rotglühenden gesänge,
nicht zu überhören; traumatisch
über die rampe gehumpelt, nacht für
nacht; nicht zu überhören in
unseren brüsten, anfällige
registratur;

2
springende, ins auge springende
IN DER BRUST herdplatte:
die zersprengten öfen, die
haltbaren feueröfen, blanken roste
und (...);
                    gedünnter schrei, genicke;
die faltigen kinder, ihre gerösteten
rasendschnell alternden schreie;
geschultert  mitgeschleppt  die zahllosen
sprachen habseligkeit in sichtweite
schenkelhoch aufgeworfene zahn
prothesen;

3

-krämpfe
der zeugen, gedünntes zeugenhaar lesen
SIE WEITER AUF SEITE, geklaffte lücken,
nachts ohne unterlaß kläffende erinnerung
regelmäßig befangenheitsanträge und wunden:
»sehn sie sich das bitte an«, »wenden sie
sich nicht ab«; bei sichtung der
aktenlagen erzwungene unterbrechung;
danach legen

4

wir die
nächsten lichtpausen vor:
in unsrer brust zerkratzt
die platten, leierndes rheingold
(oder colt rane) und vorwärtsratternde
waggons, rotglühend, darauf
das tanzende wasser (»nicht
zu überhörn«, »wegsehende zeugen
davon«), DIE TANZENDEN BIS ZUM
SIEDEPUNKT WASSER;

pausierendes licht,
ausgeglüht; »wir haben das müssen
ansehn«, »dies geröstete schreien«

# ANIMALISCHE ANIMATION

augnstoppende großformate im gehn,
forcierte litfaßgänge, bis-an-die-zähne
die augn und kein entkommen; hartgeschaltete
kampagnen, creative wolfsrachn vernehmbar bei
ausgeblendetem zwingergewinsel; im sitzn
ebenso doppelseitige januspost, zügige
zungen, ärgste hirndrift und bezüngelte
pupille nur das papier teurer: schlummer-
lächeln schwebender natur, dörflicher irrsinn,
flaumiges gegaukel aknelosn daseins, fangschlag
durch reine familie, äsende schnucke mu
tterglükk und alles was sich gewaschn hat, hünd
chn- und händchnhaltende glanzräude und nicht nur
pestmodern malevich die hände abgehackt FÜR DAS DA

zwitschernde aurikel, beschnupperter
hasnsterz, am käuzchnloch gepokelt BRINGEN DEN
BESONDEREN TIERFILM: hinter sanft schwingendn
pfortn (öffentlichkeits-tresor): tiergalgen
in klösterlicher stille, säuger in keimfrei-
heit hingestreckt, gepinnte pfote; bedächtiges
öffnen und schließn von kitteln und körpern,
gezielt entnommenes organ FERNBEDIENUNG SENDER-
WECHSEL, »AUCH IN DRAGÉEFORM ERHÄLTL«,
BITTE UM-
BLÄTTERN: rauschende gedopte tropen, orchideen-
zauber, nie gesehener blattsalat, ein tiger a BILD-
SALAT SPERRFEUER!! ein jaguar e der in die kur-

ve geht; und wieder bedächtige kamerafahrt, experimentalfilmer am werk, ein schließn und öffnen
von körpern und kitteln, ruhige organentnahme;
die dem pfleger noch einmal die hand leckt,
die nachzucht, pünktlich gelieferte kolonnen:
im nebengebäude im nachtprogramm UND JEDES
KULTUR-PROGRAMM EIN HORRORVIDEO / DER KLUGE
MISSIONAR GIBT DEM LENDENSCHURZMANN FEUER / NATÜRLICH, MEINE BEHERZTN FLÖTNSPIELER: DAS HAT
MIR DER THEUFEL ERZÄHLT, HAT MIR DER THEUFFEL
ERZÄHLT WIE DIE PRIMATN DEM PRIMATN
RIEMENSCHNEIDER
LAAANGSAAAM DIE GOTISCHN HÄNDE ZRRKWTSCHT
ICH BUCHSTABIERE / DIE HÄNDE ZERQUETSCHT HABN

## ZIELWASSER (»GORGE-DE-PIGEON«)

an land gekrochn, scheibchnweise;
scheibnsprache die erde, kein
kugelfest, unterm morgnstern di
erde als gekegelte entschuppte
scheibe, kehle des taubers ab-
gerissn;
                damaszener-, solinger klingen
ins knochngerüst geknirschter
flamberg und bunker ausgeräuchert, bereit-
gehaltne leichntüte (»bedenklicher puls,
erdatmung beschleunigt«); vorher: ge-
schuppt, an land gekrochn schon amulett-
benähter rückn, und fürs museum reste
abgeschuppt; beinschiene zur armbrust;
banner geflattert: ferkelrosa sankt
sebastian diokletianisch gespickt, ein
nachladender schütze den folgebolzn
zwischn den zähn, festzelt-rumtata, im
gefluteten pissoir durch pilskotze ge
schliddert;
                schuppngrün das jägerkleid von
di schütznbrüder di draufanlegn, getau
melte kugel, runterge runterge
stür-, stürztes wasser zahlwisser doppel
vor vor grützign gejohltn augn fossilaugem
das stürzende ziel, kugelruhm das stürzende
ziel, galoppierende geschuppte teilchen-
beschleunigung

-schuß; letzte entflammung inmittn
der herzn; du, entflammtes marivaux-
baby, aus den fünfzigern, 1750ern (»in
welchen zauber mich der taumel dieses
gesprächs ..«, »bassin!, verspielte strah-
lendgeöffnete tapetentür! angeseilte
liebschaft, den rücksitz überschwemmt;
flugbilder die menge, mir war als ob,
als du kamst schien mir ..«); dies am
klassischen säulenstrunk, infiziertes
lusttempelchen; aus den andern 50ern,
entzündeten achzigern, die isettaköpfe
(»weiß-
grundierte zeitwand, wahngezeiten weiß-
gott« und andere scheißeflecken aus rilkes
unterwäsche, unappetitliche george-dessous);
start-
schuß für, sprießend; pettingsituation, wir
befinden uns inzwischn in irgendwelchen 70ern,
während nebenan die eltern vorm fernseher (hell-
hörig?); unser schnelleres hauchen, mein gott
bist du naß, und (hellhörige wohnung) die tor-
schreie drüben;
durch die gräser die prei-
selbeeren ein rechtsruck; kein blattschuß: blut
flattert vom bockskopf, nadelt, tritt in den
erdbodn ein (»nach rechts gerückt, abgerückte
körper und flacher werdend und flach«) DURCH DIE

VOLLEN PILZE GESCHLEIFT / DER REHRÜCKN FOLGT
DEN
DEUTLICHN FÖRSTERN
(»verspielt! des waldes strahlende tapetentür, unser verhaltenes gerangel!, liebeliebe, spechtsgalück unter beiläufiger windschiene! . .«);
FOLGEN SIE! FOLGEN SIE AUF DER
FLUCHT ERSCHOSSN DEN LEDERRÜCKN DEN FÖRSTERN
ALS REHRÜCKN MIT PREISELBEEREN MIT TULPEN/
DEN LIEBLINGEN/DEN LIEBLINGSBLUMEN DES FÜHRERS/
SPUCK DIE KUGEL AUS/RECHTSRUCKEND UNTERM
SCHLACHTSCHUSS UNTERM APPARAT DEIN
HIRSCHSCHREI
DEINE AUTOMATISCHE STIMME
dann aber: bis zumgehtnichmehr verzückung, gelackte schenkel, hinundhergeworfne locken, unser kissenhaar schweißhaar, das über-die-ufer-tretn; aus den gestöhnten starkriechenden körpern, wange an wange fließend, ungeteilt und (verfließend) gehaucht: »o himmel, verzeihe meiner list . . !«; danach die abgedunkelten die fliehenden die körper eng noch beieinander (»ganz schön erschossn«), herfächelndes windmaschinchen; letzte einstellung wie immer: nebeneinander die flachere atmung  sollen wir uns das abkaufn? O DEU
TSCHES LITTERKLINGE HELL I SÜSS ERZSAUBER DICH
UMSCHWEBT DU BIS DI LIST UND GLAUBUNDTREU SO
LANGE NOCH I DEUTSCH ERLEBT

# IV

# sonnenstudio hölderlin

ZWANXEINWEISUN

p. wurde gegriffn als; breit aktn-
kundig, drehtürgemangel, alter kunde;
gibt sich als ›flugschreib‹ aus auch
›verläßlich rundfunzel‹, sowie ›gutes
reisfleisch‹, ›-begleit‹ u. ›letzter
schrei‹ (unleserlich: schreberkopp?); p.
gibt an, NICHT! von allen gutn gei
stern verlassn zu sein (!); behockte gei
erschulter, ausgemergeltes gebiß; ver
ausgabt sich spricht von sich unablä
ssich als ›guter-onkel-alfred‹, b
zeichnet seinen ruck als sein ›sack-
institut‹; (erstmal valium 5 valium
10 oral, sodann intravenös haldolhaldolhaldol)
spielt u. bespricht sich mit seiner brill
(haldol), konfabuliert (haldol)
beigeheftet:
konfabulierter zettelkastn ASSERVAT EINS,
scheckige reservate, 1 abgenutzter gei
gerzähler; ergenzun: p. schwärmt für ›russisch-
brot‹ (unleserlich: grüne grenzen?);
also »wort«
dudem aufegriffel

# SCHNITT HAARSCHNITT

oder aus lauter verzweiflung, damit
die zeit rumgeht  dies unerträgliche
schleichn!, auf dem gang die nieder-
gemachtn, aus dem lebn gesägtn zum
schleichn gebracht per augnurteil
armut und verdammung  aus lauter
verzweiflung sich das haar schneidn
lassn;
          geklappert; deliquentnhocker
unter trostlosem unter stumpfm li
cht in diesem ausgekacheltn irrenbad,
links die wanne, monströs, schere im nackn
im nackn die schere die
scherenführerin (covergirl) diese
ungemein blonde vielleicht 23jährige
schwester mit dieser krankmachenden unver-
schämtn geilheit im blick (..)
                                        voll-
geklapperter raum; die lippn der schere
ein öffnen & schließn in schneller folge wobei
kein wort fiel mein haar mein viehhaar nur um
meine sohlen sich gruppierte, mattes gestrüpp  was
für ein konzentrazjons-übn das protokoll was
für ein ebenmaß ihrer schwester-claudia-brauen
hinterrücks, kittelärmel ums ohrläppchen
wuselnd  und vor mir
durchs türbild siechend eine grande armée
der augnlosn, betäubtes vieh »FEGSDU DAS
BITTE ZUSAMM« zitatnzierat, fertigsein

»VIII
Es sind die ersten Blumen,
welche,
Besondres uns den Sinn
erfreuen.
Die Frühjarssonne wirkt die
Kelche
Die sonder Säumen Gaben streuen
Doch plötzlich ändert sich das Bild
Es braust der Sturm in kalter Nacht
Und Blitze zucken durchs Gefild,
Es peitschen Wetter, Donner kracht
Die Blüten müssen ihr Leben lassen.
30.8.1985 MB«

1
geschlurfter gang,
die feder
führung, das schlüssel
gewalt; gänzliche die die
gräßliche änderung der schrift-
bilder!, NIEDERGESPRITZT

2
»gradehaltn!«
ein kunstdruk an der wand, »die augn
schließn!«, kopf gespickt (NUR WENIG
TREPANIERT, GUILLAUME, MAN NENNT

DAS: E E G ) die augen drückn, sodann:
NIEDERGESPRITZT, und »kleine neben
wirkung«:
                das .. sprachwerk ..
schprachwerg .. zeug geht indie .. binsn
mi    nu    ten    lang ...
                                    mi    nu    tn
l    an    g
                rasch wird ein gegen
mittel reingejagt (»euforisierend«), doch
das wirkt

3
(»medikamentenausgabe«)
                                        am
vormittag allseits geschlurfter
gang; die zahnlosen pupillen
weggeknickt aufs resopal; so tote
brauen, staub fällt aus dem haar;
die köpfe vorgesunkn von ellenbogen
abgeschirmt; das blut robbt vor, mein
robotschritt, der zeiger watschelt (»blut-
abnahme!«) die zeitansage stockt, ge
stockte fremde

4
                        gequert, heftige
querung; den koksfjord hab ich
durchschwomm, unter der oberfläche durch
getaucht (kampfschwimmer, glitschige
direttissima), dies meine beabsich

tigte (schutz)haft:
sperriges
handgepäck, unabwendbare mitbringsel,
überdeutlich belichtete diasprachtdias;
gegen 5 ganglicht von
links im schatten das vorgebeugte
pflegergesicht NIEDER »haben sie
noch angehörige« GESPRITZT
beknietes kopfgewahrsam,
schwebender napf; pavlovsche hündchen
während des countdown, was für eine
hirnnasa

5
(»wir könn nur ursachen«)
der lehrer brühl ein dichter
stirbt:
fixiert, den unterleib entbl
ößt, das kinn zum schulterblatt
gewachsn, und SCHAUM JADOCH SCHAUM
VORM MUND, das wachs
ende totengebiß seine deine ein-
getüteten augen! brühl! (»wir
könn nur ursachenforschung be
treiben«);
im DANIEL-PAUL-SCHREBER-PARK
unterm blutbuchenbestand der kies; die
die verschlossenen, unsere abgeri
ssenen gebisse; im konspirativen wind mein
schließfachmaul und linsende sonne
niedergespritzte fremde

# V

# pidginlippen

# GESTÜMPERTE SYNCHRONISATION

in erster linie, in also vorderster
unter der stirnfront;
                                        zunächst nur
stellen stellenweises auftreten zöge-
rndes hinzutreten der bilder, mehrere
anblicke nachundnach, eingeblen-
dete bananenschalen;
                                        sichtlich gefälschter
flaggensatz: bei vortretenden augn (sichtbar!)
das katapultieren hereinkatapultieren
der blickkolportagen, unüberschaubare
wimmelbilder, bildgewimmer (reicht mein
pidgin aus?), undeutliches bis über
den hals bis längst übern kopf gepaddel
gefuchtel wüstes schlagen mit die arme!
das ist die sehnot, wies einen reinreißt,
exzessiv, wies ein runterreißt, gerade-
wegs sehnot, verheerend! AUF BEISPIELE,
KLAMMERN SIE SICH AN ANDERE MÜNDER UND
LIDDECKEL, AUF ANDERE BEISPIELE MUSS
HIER VERZICHTET WERDEN

# HERMESBABY, AUSPIZIUM

gezüngelte liebkosung,
erstlingsgabe  deine ernsten licht-
beschriftungen;
                              gespeichert;
angelehntes styropor (wandtafeln):
gespickte auffangbecken, künftige
reservoire; staksschritt durchs
zimmer, belagerter bösendorfer;
oder, den mantel geschultert,
im café museum: deine scheuende stimme,
die (bären?)franse erreicht deine braue;
durchs zimmer jagen die schwalben
unausgesetzt ihr winkliges rufen,
hakenschlagend, und sorgsame
kurskorrektur  wer
will das voraussehen?
                                        solch erkämpftes
trinkwasser, (vogel)perspektiven,
umgekehrte kontinentdrift, offene
herzadresse und -schwall!
                                              beschriftetes
licht deine ungezügelten sprachen!

(für Friederike Mayröcker)

# FRUSTFUNK, GURKNMASKIERUNG

ich rate, vertretung heute doktor
eisnbrat, zu priessnitz-umschlag gegn
weiche kekse, drauf doppeltn si
belius; vorzimmerstrapse um den
hals, abindiefalle, durchgeratzt so
werdn rettungsringe weggetretn! vor
allem: hirschhornknöpfe kmeine krö
pfe abmontiert ich mein, maskierte
gurke, tragn sie frau sirene (scho
wissn: pikkolöchen ab dafür); den da
men: hirnschmalz durch meister pastis
ohr auch rohr, lassnse vor allem ihre
freundin in die röhre kuckn, maskierte
gurke vornewech! eintütn suppe auf dit
sofa, mit dokter brenn aufs kannapeh, vor
her behopste tortnbödn; drauf fragn
farrer sommerampfer opper butter
fahrtn machn kann, mehr butterfahren heizt
mehr dampferglück! rundumschlach unsoweita wa
soweita, waschungen am stükk

# AUSLIEFERUNG

sanftmut unsrer wasserlippen
schattentang, getänzelte wand
so kommt der schlaf an; fonstark
die vögel die vögel! lappende (flügel)
decken, echo und defekte frühe
über der wiedergabe neuausgabe
der dächer hausiert der föhn-
vogel; gesicht zueinander-
verschränkt wachsen unbemerkt uns
zehen- und fingernägel, bläulich
(knatterndes blaulicht, flügelhorn)
während der tangstunde;
knatternd; da
(»knalleffekt«, »wir berichteten«)
dringt die f r i s c h e r ä u d e
ZEILENHONORAR, GEZISCHTER AUFMACHER
in flure und -kästen: unüberhörbares
echogerät; ihren dienst treten
die ersten kaffeemaschinen an,
die hausenden leiber

## SKYDIVING LEINWAND

nach hinten raus:
                                        grantiger
förderturm, im halbkreis zechensiedlung;
darin dein räkeln, hausen,
hinknallender schulprojektor, deine
ernsthaften pinselkonturen (vom
küchenplakat erteilt picasso schatten
befehle, -reize mit der lichtmuleta ..);
immer wieder absprünge, waghalsige landungs
versuche; sandstrahl gesiebt und
pastose glücksankunft;
                                                    in schlabbriger
montur während des skydiving flackerndes
luftgetöse, flatternde wange so
stürzt du stürzt auf allen vieren
setzt auf im wespengelb, sicher;
                                                                    geräkelt;
im aufwachen (lichtsieb) erster kopfwurf
(»-gelb«), schopfwust haarverstauung
bei noch geschlossnen lidern
wiederum wahrnehmungsdoubletten
(aussichtspunkt treppenhaus);
                                                                und direkt
unser augendurchtauchen, skydiving, neu
gieriges welpenspiel: unser monturloses
gelenkes räkeln!

## RÜCKFALL (»SCHON WIEDER EISBEIN ..«)

sei wiederum mein riechsalz, immer
unverstöpseltes fiölchen!, richt
schnur von da bis (»immerhin«);
                                        was listig
sich die kerzn erlaubtn an den wändn,
herzlast schadenspendung (»später dann«),
ausflockende erzlust darunter, zer-
quälte lakn  wie einst wir überweitn
galoppiertn!, mit blauen brillen
marke arctica ..

# SENDESCHLUSS

                zackn, faltnwürfe, ge
tränkter nabel; unterm geweihten
hirschn vermischt sich der speichel,
ein entstehendes nach mitternacht
ZUNGENBILD;
                        flackernde couch,
darüber geht das schattnrangeln,
bündige umklammerung; überm kleider-
berg (dunkler bausch) gestöhnte
schrankwand: UNÜBERHÖRBARES WEIS-
SES RAUSCHN, gebauschtes dunkel,
hingehuscht

## STAUBWALZER

lichtkniffe; unter der knirschenden
der sonnenwalze im schweiß kneifendes
lid; leichte felsen in der brust, ein
leichtes felsen; gebieterisch lichtbild
von auswendigen höhen ('s baut); die höhen
luft kaum genossener aussicht, gewälzte
handwand vor augn (erbauung?), als absender
les ich: susi durst? probierst du nur das
echo aus? hohe luft da sich die schweiz
löst, der fels (brieflich), vom lid auf
die lippn, aufgesprungen und fels greifn nach-
greifn 's taumelt; höhnende lüfte, rosi
voß: BAUTS! STAUB! davon berichtn
deine staubbriefe

## GEKAUERTE STADT, SPRUNGBEREIT

mit dem hammer wattehammer
greift die witterung an, durch-
greifend seit wochn; linderung
bringe dieser wind, kurzatmiges
lüftchen, der die aschnbecher leert
auf den balkonen? woher denn? der
die markisen kurz scheppern läßt über
den watenden gegen die hitze anwatenden
der atem wird kurz und ihr einkaufsblei
an langen armen;
                                        die nächte dagegn:
kurzärmeliges ausschwärmen, tosender
wespenflug, bei abgeschnalltem herz
tosende gezückte lippm, augenanlage befeuert;
funknflug! (signal erkannt?), die luft voll
davon! schulterschlüsse im nu, kurzschlüsse,
die wäsche in flammen bis zur schenkelflutung
(»und selbst?«, »meinerseits eher ungenutzt«)

## ZUNGENBEPFLANZT, VOLLE KANNE

eben eine andere wendung
nimmt es dann doch:
                                        märz schon,
drängend, mit früh randalierenden
sträuchern (kindern), vor denen
die ohren sich auftun um wildfremdes
erstmal wieder zu lernen; blinzelphase
dazu, tapsiges äugen; im vogeljohlen
augenschößlinge -nge wird mir ein
gesetzt, DIE ZUNGE SAG ICH, ins maul
gepflanzt, wird flatterhaft im nu

schon märz, flanierend; ganz schön ge
lenkiger lenz oder wie du heißt oder
WIE HEISST DU?, im einschießenden licht
das sich nicht mehr wegduckt; im aneinander-
vorübergehn, lichtgeflatter, passiern
erstaunliche kumpaneien, andere wendungen
eben: augenpaare die aufeinanderabheben
sich einhaken unterfassen sich befühlen;
bezüngelung auf kürzeste distanz, und
in was für geschwindigkeiten!, (»ausm
staunen nich raus«), schwindelerregend! was
sich abspielt, alles, paßt plötzlich auf
keinen monitor mehr! mittendrin: in kürze
überschwappendes grün, »volle kanne«

# ALS FLUGSCHREIBER

von brillengrauen meistern
unterwiesn;
                    vogelperspektivisches -stükk
zunächst (grazil!): erstaunlich bewanderte
engel, zehn vielleicht  wie sie furchtlos
die luft beschreiben!, präsentierteller
behopsn, balanciertes brett; die eine zwei
im nackn abwärzstehende hörner zeigend
und wieder runter;
                                flutenteil:
                                                verschwo
mmenes bild jedesmal und seestükk wenn sie
das luft die wasser unter sich teilen und
beschreiben und aufteilen, zehnjährige ver
puppte engelgrazien (hummeln im hintern),
balancehaltend alle drei, triefend auf
einem startblock; da war ich aber frosch,
flugschrieb wieder, als sie mal eben vom
zehnmeterbrett

# ALS WECKERFÄNGER

die dränierten köpfe,
gereinigten tonköpfe, brave
urnengeher, -gänge, gedränge und
kopfdränagen  wenn du wüßtest,
armer SENHOR MARCABRU!
                                        es werden
eiserne münder benutzt, fein-
geschnittenes blech und schale chips;
etwas eisenhut blüht noch;
                                        (»wir
ich und ihr, mädchen, müssen
zusammen eine paarung paaren!«);
ich schau in dein grün,
glückbringendes serpentin
bis auf den augengrund  GEGLITTENE
ÜBERBLENDUNG:
                                im gegenlicht,
(lavendelfeld-totale, »kräuter
der provence«) das schwarz
gewordene taubenpaar (zuerst
vermuteter dohlenkopf),
dein schönes lichtdurch
lässiges haar!  rechtshändig geschnappt:
ich bin ein weckerfänger

## SPÜLSTEIN

morgens gedrosselt;
würgen sie zunächst in den aus-
guß, danach; die sonn, hellzter strah-
lenspeier: wie sie ins -immer sich
ergießt!, ein stummes gewürg (frö
stlnd) und wirrnis, gestammeltes rinnsal, WÄ
hrnd  da nach nach
spülen dann bittesehr WÄH
rnd du den zittrigen WA
sserstrahl einleitest, der WE
r will das wissn, die in deim zimmer
weilende sonnenlippe, anfänglich hahn-
gestotter, zu synchronisieren beginnt; dies
dein tagbeginn! du die mund-
winkel noch klebrig als
morgendrossel

(für Jörsch Ritzenhoff)

# PRESSLUFT

als aufgebrochner zunder die li
ppm; zunge: ausgepißte lunte, was
man glauben kann;
                                        ist dieses licht
ein schluckbeschwerden-haben? so was
wie (im rheinland ausgestorben, siehe
zunder): diphterie?  ein mehr als an-
die-gurgel-gehn, dies lichte pressn;
zerknatterte platanenluft, acht
stunden lang (»zerspleißt, zer-
spleißt«), in 20 meter höhe penthouse
griffbereit, etwas da drüben wird
8-stundn-lang nicht abgerissn  obwohl:
den öhrchen kann man lunte geben, obwohl
nie beißend: hohlraum, alles ausge
bissn

## PLÖN?, SCHARBEUTZ?

aus hoher entkernung, das aus
gebissene das geschehene zahn-
verlust, zahnsarg streich
holzschachtel kindertresor als
die milch wackelte vorn auf zuckelnder
bahnfahrt, war das ein scharbeutz? mö
glicher schienenbus, gewackelte mitte
mittagszeit auf jedn fall und ausge-
wackelt (frakturemallje); getastete
rote -spitze, mit beidn händn hell-
rotes eigntum MUSS UNTERSUCHT WERDN,
WEITER liegt zurück weggeschmissene
entkernung, auch das in der weite

# FRISCHE SERVIETTE (22.2.76)

                    vorsichtig gekipptes
löffelchen;
                    zweidr3i tage zuvor
1 weichgekochtes ei, teelöffel
wasser; den einundzwanzigsten: weg-
trocknende seine lippenbewegung, sein
lippenholz, EBEN DOCH UNVERMUTET!
                                                            mit
einer serviette, frischer serviette abgeglittn, ver-
sucheversuche sein kiefer hochzubindn,
seine tochterundich, haltlos, das
rauhe kinn!, das totenloch zu schließen!
DIE SERVIETTE STEHT FÜR WEISS UND
                                                          kalte
wade, vielleicht fünfunddreißig grad die
dünnen oberschenkel »mein krebs« ganz
fassungslos ichglaubich
habe früchtetee getrunkn die groß
mutter ganz fassungslos im dielenlicht;
sichtweise verschwomm, zungenstrunk

(für Dr. Ernst Matthias)

# DER BROTMASCHINIST

was für ein wespensommer, gefegte
goldensonn, was für entladungen daß
sie im handstreich (geschwadert)
den tisch übernehmen, im gürtel die enter-
messer!
          was sie den gästen den händen
für körpersprachn verleihn, geraniengehüpf
den beinen!, wirklich! sie hätten ADAM NOIDLT
sehn solln als zwei von ihnen (verklappt)
sein brötchen! auf mein samojedenwort:
DER REINSTE SCHAMANENSCAT!

(für Frank Köllges)

## LETZTER TAKE: BOGART

einerseits väterlicherseits
stummwarnung, wahrnehmung des
stürmens bestürmens der mütter-
licherseits bestür bestürzung
der herzn; warnung: ein »wie wars«
andrerseits »wie wars denn früher«
und zwar (schlechte kopie) reich-
lich bestürzt als sie mir ihre
achtjährige ihre achtzehnjährige
muschi, also, äh, nicht von schlechtn eltern
(zeigte? vorwies?); das hat sich,
drinks im ventilator, in väter-
liche luft aufgelöst nahezu

(für Christian Krampe)

## WEEGEE'S FINGER

aus dem empfänger hapernd,
noch warm die adresse:
im knir-
schenden rinnstein ein linker
schu, des opfers unbrauchbares
oberhemd; kein projektil; ein lack-
schuh, ein krawattenopfer;
(»im dritten
stock erstickt, im obstsalat«, »cre-
vetten quer«, »benutzen sie die

feuertreppe!«); zwitscherndes fading,
der sprach-fake funkenschlagend, dazu
des regens einfallsreichtum; klatsch-
nasse helfer, naßgeschwitzte cops:
stinkend; im hemd; WEEGEE am polizei-
funk, hängts ohr ins wellengestammel,
schnappt auf und: durchgestartet (»auf
coney island abgesoffm«);
noch warm
der abgestochne nigger (»loddel?«), dazu
gedroschen ein GENE-KRUPA-SOLO, er-
drosselte fixerin, die fliesen im klo;

WEEGEE's gewilderte sofortbilder, kugel-
sicherer augenfunk, kein fake!
seine opfer
(schaulust im schauhaus): hinterm

knieenden bademeister (»zwecklos ..«)
glotzt lächelnd schräg die schikse
des ertrunkenen; der auslöser ratscht
(»schon verewigt«) ..
die trostlosn welln

(für Hartmut Kurze)

# DREHARBEITN
# (»ERICH WIRD GESCHNITTN«)

die bildschlaufe, tauwerk, vorüber-
schießend und wieder zäher spulwurm,
bekrochener monitor;
                                        im geharnischtn
wipfel ein gipfel ein treffn, aufeinander-
stoßn (nicht mit erich), jedenfalls
elsternbeschwerde nach obn, gattenfluch
scheinz und (klappe auf, unterbelichtet)
wenn er wie hier eingeschlagn in eine art
montblanc-papier verdreht aber schwebend
hinter dem birnbraun (stop!, wir brauchn
strohlicht, jupiterschub), hinter dem
weißverpacktn birknende der ruchlosn kühle der
tiefn unzensiertn ruhe, und spulgesurr; stop!
zensur unsynchron, tonspur im eimer; trie-
fendn ruhe der ruhlosn kühle, stop!, tiefe
der tiefkühltruhe entsteigt, schwebend, für
kinder das tiefere triefn einer kettnsäge (»jetzt
klappz«) auf unserem abgedunkeltn unserm
schneetisch; ein immenser (ohne erich) immen-
see!, rahmblos am drücker! wenn er sich stei-
gert über sich selbst hinausschwebender see über
den grünen klee um wies mondn gebührt die schw-
ärze scheinbar zu enteignen (so scheinz geschnittn);
freudig am hang gesurrt: am zaun ein senn, mel-
kender zausel, dem erich das einglas wegsplitternd,
kein aktuell sein lesbenkuß; deppenbegierde: mit

dem stock (dreh findn) auf die biene, blinden-
stock eingeführt als glibberzipfel, rammelnder
amboß sursurr im bienenhaus; unbedingt die elster
im wintervisier, traulich bemondet (kein stop kein
erich: prälat wertvoll): so liebt mans in heim
und stroh WENNZ MÖNDEL INS KÖRBEL SCHEINZ

# PATHOLOGISCHER BOOM

toskanisches totem, äußerst bläuliche
polas, unter deutlicher beleuchtung auf-
gemachtes brüderchn das
(unterboom);
                              der stets eine wespe trug (»wes ..?
wessn?«), in untrüglicher wespenhaut *ferrucci*
DER STEZ WESTE AUS DER HAUT EINES ERHÄNGTN TRUG
unterm -boom (»mach ..«) kywitt-geschrei gejammer
und gequengel der farbn, toskanische farbrandale
dazu die einstweilen unabgehäutetn hörer kunz-
zuhörer und künzzlichn, also kurzlebign g
schmäcker die auf abfahrend;
                                                  -gestemmt
und -gezogn (»könn sie ma ehm, dokter benn?«);
das (*fig.1*) fähnchn der verdammt jungen ärztin,
die (*fig.2*) abgezogenen fahn der verdammten,
des (*fig.3*) sektionshelfers größere fahne;

                                    geflattert die druck-, kurz-
atmign druckfahn von das kunzhistorika: »NEKRO-
NEKRO«, »ODER DENKMSIE AN *TORRI* DER, UND SOGAH
UNTER DAS BETT GLIEDER & STÜKKE VON LEICHM AUF-
BEWARTE DIDA HAUS VRRPESTTN!«, »DOPPELNEKRO!,
PRRVRRS!!«; was für ein durcheinander-kywitt
davon unangetastet *PONTORMOS* form;
                                                                auf-
gestemmter caput, abgezogne haut (mortuum) da
runter das fleisch das echogerät und trocknende

säge: meist unsensationelle befunde, pfundweise
weggeröchelte lunge ausgeuferte leber BLOSS NICHTS
VON DEN KAPUTTN ZUNGN der abgeschiedenen schwe
sterchn der brüderchn, deutlichst beleuchtet
unterm zugekacheltn machandelboom drüber kwen
gelnd der wind geht *ROSSO* DER IM BISTUM SAN
SEPOLCRO IN VERWESUN' ÜBERGEGANGENE L. AUS-
GRUB die luft voll davon, heranrasend, aufs
ohr stoßend, das trommelfell treffend die
netzhaut unmittelbar: KYWITT, KYWITT! ACH WATT
EEN SCHÖN VAGEL BIN ICK

(für Andrea Christians)

# VI

## kernseife

## AUFLEHNUNG

rabiater stahlstich im rückspiegel;
verfremdeter horizont, zappelndes
wespengelb; kriechende wespe
der himmel, trotziger ruisdael,
gesträubt;
                    schwertransporte,
gestauchtes licht, die autobahn
zieht sich (»ausfahrt bochum-
stahlhausen«), bißchen bepflanzt
die hörschutzmauern, kaschierender
anstrich sorgfältiges seuchengrün;

gehechelt; »habs mit eignen lungen!«,
»gepfählte lunge«; dann wieder
eine unerwartete allee,
entmummte bäume;
                                        im rückspiegel
GESTRÄUBTER SATZSPIEGEL die baumelnden
maskottchen (schuhchen) und playboy-
aufkleber  auszehrung unsrer
s e u c h e n k ö p f e;
bis an die zähne: auch hier im
stadienlicht die zutretenden fans

BRIEF. PROBE IN DER EIFEL

pia,
eine eifelprobe?
hier geht man früh
zu bett, kurzangebundne mit brettern zu-
genagelte gegend; in den fenstern der
straßndörfer die verfettenden, führerschein-
und andere verluste (zumbeispiel krieger-
denkmal);
sinistre kirchn, kirchngesichter,
gesichter von stallkaninchn, im abendasfalt krie-
chendes ausgefranstes oktoberlicht .. ALLES
WEGGESPERRT .. ODER SO
ein weggesperrt
von schmuddligen hügeln aus, ein caspar-david-
baum als weithin-orientierung; als kugel-, als
blickfang die dikke mit weggesperrter 40jäh-
riger tochter; der debile 40jährige sohn einer
altn pendlerin: im überlandbus flippt er aus (»du
blöder weib, piss, du aaschlöcher!«), die linie
wird bald eingestellt;
gequetschter kopf, die zwe-
tschgen; die 15jährigen pflaumen verkommen und
landn dann im fenster; oder die bäurin, gran-
nenkinn, die ihreigneskind totgefahrn hat, in
den familien in den gequetschtn köpfn noch
nach zehn jahrn das quatschende treckerrad du siehst:
hier geht man früh zu bett, pia
(für Jörg Ritzenhoff)

# WELSCHKORN

1
noch aber ein gedämmtes ge-
dämmtes schäumen aus den gärtn, durch
thermofenster kippender knallbunter
geruch, gesammelter georgbritting, der
in die einbauküchn schlägt, gegen die
charts die wunschkonzerte, eine schwindende

2
zeichenbotanik; rumpelnder motor; schlamm
platscht in die wiese, gestakste wasser-
stiefel, am parkaärmel schwarzrotgold;
schnurgerade, trostlos  so wird der bach,
geplündertes bett, zur räson gebracht; oh
ne viel aufsehens daneben: die sorten-
namen apfelsorten gehn flötn, zugrunde,
die alten in die knie gegangenen plantagen
WAS FÜR EINE PASTORALE; dazwischn

3
die dörfer: zahlen hinter den postleit-
zahlen größerer dörfer;
                                        zwischn den
hängen den stühlen rotstehender schräger
sandstein (»schlüssel beim bürgermeister«);
neinnein, kein gas  gras wächst über die
weggesackten namen, vor fünfzig jahren
die letzten, das bröckelt AUERBACHER

MANNHEIMER, WEISS, SCHWARZ, LOEWGARTEN,
ist schon weggebröckelt

4
darüberhinaus die abgesteckten claims:
immenzelt!, krachender immenschild! was
kommt auf uns zu  die luft voller reiß-
verschlüsse, zerrissne zeltbahn, de-
tonationen  zu guter stund tiefflugstund
sensibler schweine herzklabaster, da wir
nervös durchs abgesaugte grün spaziern
durch ausgeschlürfte wiesn (»unser segel
flugplatz«, »frischer schießstand, hin-
geklinkert«) WAS FÜR EINE ABGEKNALLTE
PASTORALE!

5
argwohn, halbgezurrte gardinen, hinterm
ortseingang die nissanreklame; in käfigen
aufgehäuftes gelb: welschkorn, der futter-
mais; was mögen das für namen für reime
sein (anjas krampen) die der michel der
onkel mike 1913 mitgenomm hat nach canada;
wer erklärt mir den heidenkopf verhack-
stückten wald, schwarzwald, die gesprächige
säge darin, die sprachsäge? ES IST
EIN ORTSGESPRÄCH, MEIN GEKLINKERTER KOPF, BEI
DEM BEI DEM WEISST DU DIE EINHEITEN NUR SO
DURCHRASSELN

(für Isolde Wawrin)

schaftn habn leimrutn und mei
ler zu enthaltn, kein über beruhigtm
wasserspiegel zur schulter gesacktes ge
sicht; »getreidelte wolknbilder«, auch
so ein schwachsinn, etwas vorgeschobenes
zumindest, was sich benetzt durch die
gegend schleppt; piz palü als fernziel als
vorgruppe, durchs zielfernrohr ausgemachtes
licht, ein kahler showdown, im schlepp-
netz augnfahndung, untergänge (»einfach ab-
geknipst«, »voll im sucher«) und unter
so-weit-das-auge-reicht wird dies vertickt?
heimatbodn, herbstzeitlose? wolkige kamera
fahrtn durchs OHR DES POLYKRATES, tagesordnung,
manierliche draufsichtn (»verwanztes hotel,
kein auge zugetan«);

# GEMÄHTER MUND

eingetroffener kompott und gegen abend
gerumpelte schwüle; aus dem juliaugust,
vorübergehend gedimmt, klaffen die blitze;
lichtsäge schräg, von da nach da, ein
gleiten in bröckelnde landschaft; das maul
halten die rasenmäher, endlich; kopf-
stehende wäscheklammern, abakusbalkone,
logenplatz für gerümpel  ein wahres
drecksleporello!
(ES FOLGT DER WETTER
SEEWETTERBERICHT FÜR 1912: walnüsse (geschält)
kaninchenhaar handschuhe straußenfedern
passagiere und passagierlisten  das wars;
glatter reinfall eine umsonst tauchstation
gerupfter mythos; solch schwachbebildertem
seemannsgrab)
FOLGT GERUMPELT DER SEGELFLUG
WETTER: mit angesägtn flächn tragflächn
dies angeknackste licht; vorhergesagte klaff
ungen (gardinen); aus balkonen aus köpfn
riechts verbrannt, da drängen sich drähte
raus!, süße zungen mitunter!, gerempel und gegen-
reden (sprachdraht); ein heddern, gespleißtes
drängeln, zungenkompott wuchernd von da nach
da; allerhand schwappend geht über die brüstung,
triefende geranienreling, zackig wird weiterge
blüht, heckenspliß wasserstiefel, und rumpelnd
haben rasenmäher die witterung aufgenomm wieder
unter kläffenden augn

## TAGHIMMEL

wer auf der haut liegt, auf dem
gebogenen spaziert, auf der netz-
haut: mr. bidwell der dem wind
ins gesicht blickt der die rettet
aus dem sirupglas die paddelnde
wespe die sich jetzt auf den heißn
balkonfliesn putzt, der die gelenkig
keit von windhund wespe ins auge faßt  fast
alles nachbilder unter äußerst verschieb
baren stratocumulus WOLKN  NICHTS
ANDRES ALS TESTBÖGN & ZWAR RORSCHACH
eingeschmuggelte devise: das unterste
zuoberst, so gehört sich das

## TAUCHVORGANG

unter halbwegs intakten,
so hoff ich, kronen in die
kurvn zu gehn
                                    ob mit hellen fisch-
bäuchn die allee steht ob einzelne
stämme ramponiert sind in hüfthöhe wäre tags
zu sehn  das ist erfahrbar nicht
bei diesn schnelligkeitn und neben dir

(»bis daß der t.«);
TODESBISS AM NATTERHORN! kurz
unterm gipfel, massiver vorderleib
recht überhängend, die seilschaft ab-
geschmiert bei strenger wächte (»los-
getretnes schneebrett«): trudelnd, die
luft als rasende schmettermaschine und,
witterungsverhältnisse drastische nebel
beschleunigung erst nach 9 tagn im leichnsack
verschwundn (»hamse in zermatt sofort ver-
brannt«); urnenauslieferung zu ferienende,
die neunäugige katze am elternhimmel;
noch
paar hüttenabende, umgekippte enziane, da-
zu nachtwanderungen die milchstraße im hals

# OBST UND GEMÜSE-MARTERL

abseits der plan-
tagen im windschatten matschig,
ranzige schatten zwischen den
zähnen (»folgen sie?«);
als erstes
planieren wir die kirschen! reifn-
knirschn, wegspritzende fontänchen
und gurgelnd verschwindet der apfel
(verdorbenes fruchtprofil);
schimmel und
tierchen; übern jordan der rotkohl
der rosen!, vor der porree-kulisse
wirds tomatenkar weich, darüber
steigen die bulldozer (maulaff die
-sperre), mit ungedrosselten motoren
übern birnberg pflaumenberg, »voll
rein« (auch ansichtskartenmotiv,
»können sie folgen?«);
»so fahrn wir
übern see . .«, es rumort die kasersage,
verwunschner senn den bleiberg
im brustfeuer; butterruder
eingetunkt, blasen schlägt der
milchsee (»ne kranke landschaft«,
»miese fernsicht«) ZUNGENLUMPEN,
ZISCHN DEN ZÄHN DAS ABC, GEBLECKTES
HAUSMANN'SCHES GEBISS, »so fahrn
wir übersee«;

folgen sie
dem günen feil! übers apri-
kosengeröll gebeugt, bezwungene
pfirsichmoräne, in der nordost
führe ein rotbackiger steinschlag,
es folgt der eintrag ins gipfel
buch (»so vorgeglühte alpen«,
»einfach maa-le-
risch«) tanklaster
strullen ihren wein ins meer,
hengstpisse, das schäumt!, im
hintergrund der wilde kaiser

# KREUZREISE

                                    was anbetrifft
die stillgelegtn augn-der-welt (als ob
sie jemalz hätte sehen könn), so
sind halt stillgelegt die stillen
augn, gestillte stille gradezu!, vonmiraus: o
zeane  stammelozeane  vermehrtes ozeange
stammel; mal von tornados, stilbrü
chn, sperrfeuer-permanenzn abgesehn; genickschü
sse »außnvor« (sagt man nicht so?), prösterchen
ja prösterchen;
                              schon eher gefragt: wie tiramisú
fahrt gewinnt beim käptnsdinner als man sich
die lüster klirrtn nur wenig, zunächst; als
wir uns WUCHTWIRKKÖRPER / DAS SÜSSERE WORT /
ZUFLÜSTERTN rutschendes zeug in unsere körper ru
tschendes zeug, im nu versüßte schöße, wir konntn uns
kreuzweise, deine zu
nge schmeckte nach tiramisú bei überkommenden bre
chern, wo man zollfrei, tränenden aux, hat speien
müssn, die liebelange überfahrt; zuschrein mußtn
wir uns endlich das wort, von gischt diktierter
atem (windstärken); ja stillgelegt was anbe-
trifft, ja schneckn

# VII

# deutschsprachige polaroiz

# JASSENDE DAHLIEN

»vier 9er = 150 weispunkte,
stöck-wys-stich; beim undenufe-schieber .. japsend,
auf hinterbeinen der wind ..«
renovierter oktober;
ICH SCHREIB AUF EINER HERMES MEDIA (»-kon,
-holz, -kon, -wil, -wil«); die gaststube frak-
turiert, ein kanton zürich:

(»kameradschaft mit vreneli«);
gerahmt;
barfüssig, in 10-jähriger (mädchen)hocke;
im schattenzopf das abgefütterte bambi, auf
den handlinien die locke lockspeise ausgelegt,
die klebrigen, kitzelnden flächn!, (staksend);
ES KAM ZUDIR DAS REHLEIN WUNT-
UNDKRANK ..
entmündig-
tes kitz, ein 1960-sommertag, knallig
auf normal-8 (gestümperte schwenks, die
flauschigen dias!, die flauschigen die
weggeklapptn kuhohrn!), DANN NOCH gehäkelte
gärtn (grünstichiger kartngruss, extremer
dahlienjazz); strikt werden die mendel-
schen gesetze angewandt ALS ICH NOCH
SCHWEIZ SAMMELTE, BIS-AN-DIE-ZÄHNE-HEL-
VETIA
gemustert, erhoben; die stimmen holen
aus, krasse stimmuster: der stammtisch

hebt ab  wir sind gerahmt, sarah, die
strippen dich seit minutn

## SPIEGELBERG 2; (»HOLZEN«)

»‥ die späne, flug-
modelle, als splitternder regn ‥«;
TANN ‥
IM TANN TANNENHOLZ ABASTN; das blatt säge
blatt: noch immer risikogruppe nummer
eins wenn die kette vom schwert
springt;
’s gärtel, der schäler BUCH
STAB IM TANN ‥ BUCHSTAB ‥ IEREN ‥, die
kehrhaken zum weg zum wegziehn, kleinere
in die 800-meterluft stammmanöver dort:
der holzer pißt (dezembermückn!), rauch
ende pisse, pißt noch immer in den forst JETZT
STELLN SIE SICH ALLES IM RINDENDECKEL VOR, DA-
ZU DIE NAMEN DER EISWERKZEUGE

(für Andreas Züst)

# STEMPEL GRIEBNITZSEE I

                    kein rausch?
ins neon grenzneon gelauscht: es
ist stille totnbetong;
                    zusteigende,
die jüngeren die abgefackeltn
dienstgesichter und tonlos
hingewinkt (setzn.) unter her
anrollender schneller
werdender normaluhr

(für Manfred Peter Hein)

## STEMPEL GRIEBNITZSEE 2

passierend;
bei supre bei hin-
gekipptem SUPREMATISMUS-MOND:
bandstättn (»reisepaß!«) trabant-
städte passierend, auf freier strecke flie
ßend, rücklichter angeschliffn DIE MARK
GEHEND, STACHEL IM FLEISCH MIT HEINER-
MÜLLER-ZIIGARRE;
super: der belgische
waggon (»kann passiern«) war nur
ein mu .. ein stück .. mit einer fixn
nadel nur; ei muse!, war nurn
museumsstück

(für Andreas F. Kelletat)

# INSTALLATION DER -SCHEUCHE. TOTEMFUNK

(. . .) gehe das steppe hinunter, swastika-
bodn, gehe die städte, den bach den ab-
gewürgtn  was soll (da noch) g
würdigt werdn mit der scheuche der
seuchenscheuche im g (»glück?«, »g
lücklichsein?«) im g
artn artenfunde in abgesengtn vorgärtn (dt.);
ab!-
er als randalierender bittsteller jährlicher
almosist, almosenschwer heimkehrend (in einem
januar gefunkt) und schwester von ihr/ihm
in diesem KAISERSTÜBERL (doch wohl mehr
identitätskaschemme, steirisch) wo die direktstimmen
hörbar werdn am neben-, am nachtisch: sprach-
richtungen, in die irre weisende (falsche hasn,
scheuchn), sprachhinrichtungen »NEIN das andre
ist SCHWARZ«, »das andre ist GELB NEINNEIN!«;
und
in kaiserlichn gedanken, ausbrechende kindliche
dankbarkeiten  steppe runter, weiterhin angeläutete
installation

(für Friederike Mayröcker)

# VIII
# böhmische drugs

# NACHTBILLJEH

das aufforstn morgens der augn, ideen-
mickrigkeit, dies hausn; draußn das
hinausforstn, herausfordern der
schliche (schritt und tritt, klapp-
spatn angeschliffner rede), rüdes zün-
deln hinter gereffter stirn, bekrabbelter
firnfirst; anwerfn geduckter feuerchen,
bastonade des lichts, kohlende sohlen:
aktuelle kehle des laurentius! (das ro
here bestellen, »mir auch halbdurch«) keine
steigung möglich; entseelte wälder, säge-
zähne dies nicht gut meintn mit dieser eindä
mmung, na, dieser einen dämmerun' der
bottnia-express besorgte das, wahr
haftiger münch
hausn

## POLARES PIKTOGRAMM

»‥ nicht auszuhalten!«
*Daniil Charms*

1

vor der post der apo-
theke (quengelnd köter draußn
angeleint) so laufende motoren auch
von kamin das weiße deutlich weg-
gespreizt;
rechz daumenkuppe an-
gebrutzelt; mein lieber mann: ich
ganztags ofenheinz!, steh auf
nachts frösteltier, schütt heiß ins
klo, die pseudotatzn an den füßn daß
man in ruhe morgens kackn kann

2

tiefstehendes tageslicht (‥ schon ab
gesackt); älskling, dein angesägter
schlaf! anschlagendes mein huskieherz, ich
weiß nicht ‥ ein lichtelch? der durchs
feuer tappt? ist es meine hand die deine
brust so spitz macht?
gefiepte nacht,
klatschnasse -lippen pidginlippen, im
halbschlaf (vollgekleckert lakn) range-
zognes klammes knie

3
»att kunna arbeta i kyla är
en fråga om koncentration WIE ES UNS
TREIBT!, jag tycker inte att det är
svårt WIE WIRS TREIBEN!, jag studerar
förresten ESKIMÅERNA nu, och de har
det förmodligen ännu kallare GETRIEBN,
ALS DAUNEN-RUSS ZUR DEKKE STEIGEND,
säger thomas kling, düsseldorfbo som
gästar vasa«

4
        (»zur regelung der
outfit-frage«); jetzt wird
das bein verkleidet:
                                        bis
übers knie knallgelber alpinistn-
strumpf (ein wollener dragoner), da
rüber sockn, schwarze schenkel; halb
schnabelschuh die lappenstiebel (»finn
ischer stalinistn-look der 70er«); aus
unsrer serie: JOSEF KAINZ IN BADEBUXN,
ein absolut gebongter lacherfolg

5
        briefkastn (gestiemt), laufende
motoren, da draußn sind die küsse tief
kühlkost; geschwankt, so kleine dikke
ritter übern bürgersteig, verpacktes
blond und hergezeigter atem, schon von
der leine mein gefieptes huskieherz;

arktischer nadeleinsatz: gespickte wange
nasnknistern, die wimpern zugestiemt; ich
krakel KA-KEL-UGN, VED-SPIS, KAMIN, KA-
KEL-UGN
                wo manche kranke mit der karre
übers eis nach schweden brettern .. mensch
schneemensch!, dreißich minus! ich
ganztags ofnheinz

(für Ylva Holländer)

# PETERSBURGER HÄNGUN'

ins helle, ins allerhell
gehängt!, ein umfassend -jagd und aller
heilgen, november-aorta herbe angepackt (lies: a
lies ort, lies a), chaos im winterpalais, vor-
silbnwexl, -grad bleibt erhaltn, und neva strahlen-
schleier sowieso; ikone reingehackt: eines daniils
verlust: verlustig gegang eines charms (so ins
kyrillisch reingehackt ANGESCHWÄRZTE KO
PFBELAGERUN'/ ein GPU-RANDHALTN, auch andre
ränder, andre existnzn (..); zuvor VON VELIMIR
IST NICHT DIE REDE zuvor bereiz schmerzlicher
eisnstein der unaufhaltsam die zarentreppe run
terrattert, sein unaufhörlich löwnwach zurückgespult
glas
NOST IM ÜBRIGN HEISST »SCHNEIDETISCH«

(für Dieter Hiesserer)

## POSTHOLEN, ERSCHWERT

unter kaltn epaulettn, um-
stiemten fußes; vorgestemmt; getriebne
aufgesprungne kreisel, fußhoch die
ruhigere kreisbeschreibung, dach- und
straßnfegung angesagt; frontale durch
die luft frontale blasebälge, wilde jagdhund
hingejagte preschung, leichtes tosn in der
stimme hochofn!, spürbares brikett! ein
solches postgehol doch unverhofft; arktische
levitation, kein kinderspiel; gekappter
blick, ausweidn des gewildertn gesichts, fürs
erste nas und zeh geopfert, dies flämmchn-
bekritzelte gesichtsterrain, wies ein anfährt!
wangenbrikett das erst zerfallen muß

## KEIN DELFINWASSER

mayday nachz im weggeflogenen
sommer; mayday sagt man, geschiebebeginn
aufbäumen ineinanderfahren der schollen
in unablässiger bewegung dann die
ausgebuchtete nacht
(»des meeres
schlachtbuchtn« sagt man, und »-funkn, darin
dreifachgewordne leiber rollen, entbeint«,
»aufgewühlte sagt man verse
nkungen, abgelöster krächzender caruso«);
pfauchung, gegurgelte bucht; grad nachz
ungewärmt die rufe (?) der ertrunkenen (?) see
leute, über bord gegangenen bootsmänner mit
davongerissenen südwestern, ihr an die schwester
gerichtetes ultimatives gemors, vorelektrisches
flattern, die pinne entrissn inmittn gebirg ein
RETTUNSEEL, verschwommene -insel (sagt man);
nackt die hochsingenden fischer (in bartrahmen
knotenschrift, ovalgebliebene jugend), angebrü
llte braut, gedunsn ihre vom wasser gekralltn
strudelnden zungen, zuhilf-zungen AUF ACHTUND
SIEBZICH UMDREHUNG DER GEFANGENEN-CHOR und,
letzte pfauchung, we
ggestrud

## FINNLAND-FLUG

1
verschwindende swimmingpools (klimt-
steinchen), und erklommen;
gefütterte
beringstraße, meerbusn (bottnisch), zügiges
polarprogramm (bei muskarinansicht): klippn-
brechung, klipper abgekippt bis
zum dorthinaus die woll die unverwandte woll
die unterwanderte wolkndecke, drübn düse drübn ge
platzte nebelnaht;
der deutsche schädel tier
schädel, zusammengerückte drin im schimmer im
schimmer äderungen abgedröhnte errungenscha
ftn, äderung (auch nähte) zum aug hin, ALLES
OHNE HUSKIESTIMMEN!

2
(»Q-ros; Lebenslauf«)

AUFZUBRECHN (7). und (6), daß (5), alles (4),
mich (3). daß (2) habt (1), DIES ERFUHR ICH (0).
nicht (1)? herrscht (2) wo (3), aufwärts (4),
unser (5). doch (6) all (7), größers (8)

3
erstaunliche schicht-
wechsel »1fröhlicher gutnmorgn« ausm kokk-
pitt, bei gesträubtem trommelfell, »1 frischer

n/w-wind, gute brodemsicht ..«, und, bitte, WAS
HEISST: ›FÜR IHRE SICHERHEIT‹ AUF FINNISH? nicht
kartographierbare pol-
sterungen (abermals ab
gekippt) jede erhebung paus-
bäckige aushebung, gestotterte buckelpiste, also
gefurchte inuitstrecke, oder näher, mit schwingen
versehene, geschwungene ITER LAPPONICUM, landn sie
87 in ROVANIEMI, heißt ab jetzt
»-hansi«

*Anmerkung:*

das dem mittelteil zugrundeliegende system dürfte sich nach der
lektüre von hölderlins gedicht »Lebenslauf« (1797) erschließen;
alle anderen seien durch seinen aischyloskommentar,
karl philipp conz gegenüber, getröstet: »das versteh' ich nicht!
das ist kamalattasprache!«

*Inhalt*

Deutsche Literatur
in der edition suhrkamp:
Lyrik

Jürgen Becker: Ränder. es 351
Bertolt Brecht: Ausgewählte Gedichte. Auswahl von Siegfried Unseld. Nachwort von Walter Jens. es 86
– Buckower Elegien. Mit Kommentaren von Jan Knopf. es 1397
– Gedichte und Lieder aus Stücken. es 9
– Gesammelte Gedichte. Bd. 1-4. Herausgegeben vom Suhrkamp Verlag in Zusammenarbeit mit Elisabeth Hauptmann. es 835-838
Hans Georg Bulla: Weitergehen. Gedichte. es 1002
Michael Buselmeier: Radfahrt gegen Ende des Winters. Gedichte. es 1148
Paul Celan: Ausgewählte Gedichte. Zwei Reden. Nachwort von Beda Allemann. es 262
Günter Eich: Botschaften des Regens. Gedichte. es 48
Hans Magnus Enzensberger: Blindenschrift. es 217
– Die Furie des Verschwindens. Gedichte. es 1066
– Landessprache. Gedichte. es 304
Walter Gröner: Ein rasend hingehauchtes Herbsteslicht. Bergeller Gedichte – Puisía. es 1371
Peter Handke: Die Innenwelt der Außenwelt der Innenwelt. es 307
Uwe Kolbe: Abschiede. Und andere Liebesgedichte. es 1178
– Bornholm II. Gedichte. es 1402
– Hineingeboren. Gedichte 1975-1979. Mit einer Nachbemerkung von Franz Fühmann. es 1110
Karl Krolow: Ausgewählte Gedichte. Nachwort von Hugo Friedrich. es 24
– Landschaften für mich. Neue Gedichte. es 146
– Schattengefecht. es 78
Dieter Leisegang: Lauter letzte Worte. Gedichte und Miniaturen. Herausgegeben von Karl Corino. es 1021
Meret Oppenheim: Husch, husch, der schönste Vokal entleert sich. Gedichte, Zeichnungen. Herausgegeben und mit einem Nachwort versehen von Christiane Meyer-Thoss. es 1232
Robert Schindel: Geier sind pünktliche Tiere. Gedichte. es 1429
– Ohneland. Gedichte vom Holz der Paradeiserträume 1979-1984. es 1372
Sabine Techel: Es kündigt sich an. Gedichte. es 1370
Hans-Ulrich Treichel: Liebe Not. Gedichte. es 1373
Ernest Wichner: Steinsuppe. Gedichte. es 1493

302/1/5.88

Deutsche Literatur
in der edition suhrkamp:
Prosa

Eva-Maria Alves: Maanja. Meine Freundin, meine Mutter, meine Puppe. Eine Anrufung. Zeichnungen: Alexandra Albrand. es 1159
– Neigung zum Fluß. Mit 16 Fotos von Christiane P. Scharlau. es 1083
Renato P. Arlati: Auf der Reise nach Rom. Prosa. Auswahl und Nachwort von Franz Böni. es 1053
Reinhold Batberger: Drei Elephanten. es 1459
Martin Roda Becher: Unruhe unter den Fahrgästen. ›Aufzeichnungen‹. es 1352
Jürgen Becker: Umgebungen. es 722
Thomas Bernhard: Die Billigesser. es 1006
– Prosa. es 213
– Ungenach. Erzählung. es 279
– Watten. Ein Nachlaß. es 353
Franz Böni: Alvier. Erzählungen. Mit einem Nachwort von Samuel Moser. es 1146
– Hospiz. Erzählung. es 1004
– Der Johanniterlauf. Fragment. es 1198
Nicolaus Bornhorn: Der Film der Wirklichkeit. es 1154
Volker Braun: Berichte von Hinze und Kunze. es 1169
– Es genügt nicht die einfache Wahrheit. Notate. es 799
Bertolt Brecht: Die Geschäfte des Herrn Julius Caesar. Romanfragment. es 332
– Prosa. Bd. 1-4. es 182-185
– Der Tui-Roman. Fragment. es 603
Hans Christoph Buch: Der Herbst des großen Kommunikators. Amerikanisches Journal. es 1344
Michael Buselmeier: Der Untergang von Heidelberg. es 1057
Esther Dischereit: Joëmis Tisch. Eine jüdische Geschichte. es 1492
Hans Magnus Enzensberger: Das Verhör von Habana. es 553
– Der Weg ins Freie. Fünf Lebensläufe überliefert von Hans Magnus Enzensberger. es 759
Gerold Foidl: Scheinbare Nähe. es 1237
Max Frisch: Ausgewählte Prosa. Nachwort von Joachim Kaiser. es 36
Peter Greiner: Wie Bombenleger-Charly leben ... Sozialverhalten. Geschichten und Szenen. es 1356
Norbert Gstrein: Einer. Erzählung. es 1483
Reto Hänny: Ruch. Ein Bericht. es 1295
– Zürich, Anfang September. es 1079
Peter Handke: Phantasien der Wiederholung. es 1168

300/1/5.88

300/2/5.88

## Deutsche Literatur in der edition suhrkamp: Prosa

Martin Walser: Lügengeschichten. es 81
Peter Weiss: Abschied von den Eltern. Erzählung. es 85
– Fluchtpunkt. Roman. es 125
– Das Gespräch der drei Gehenden. es 7
– Der Schatten des Körpers des Kutschers. es 53
Sinclair (P. Weiss): Der Fremde. Erzählung. es 1007
Josef Winkler: Die Verschleppung. Njetotschka Iljaschenko erzählt ihre russische Kindheit. es 1177

300/3/5.88

edition suhrkamp
Eine Auswahl

Abelshauser: Wirtschaftsgeschichte der Bundesrepublik Deutschland (1945-1980). NHB. es 1241
Abendroth: Ein Leben in der Arbeiterbewegung. es 820
Achebe: Okonkwo oder Das Alte stürzt. es 1138
Adam/Moodley: Südafrika. es 1369
Adorno: Eingriffe. Neun kritische Modelle. es 10
– Gesellschaftstheorie und Kulturkritik. es 772
– Jargon der Eigentlichkeit. Zur deutschen Ideologie. es 91
– Kritik. Kleine Schriften zur Gesellschaft. es 469
– Ohne Leitbild. Parva Aesthetica. es 201
– Stichworte.
Kritische Modelle 2. es 347
– Zur Metakritik der Erkenntnistheorie. es 590
Das Afrika der Afrikaner. Gesellschaft und Kultur Afrikas. Hg. von R. Jestel. es 1039
Anderson: Die Entstehung des absolutistischen Staates. es 950
– Von der Antike zum Feudalismus. es 922
Andréa: M.D. es 1364
Arbeitslosigkeit in der Arbeitsgesellschaft. es 1212
Aus der Zeit der Verzweiflung. Zur Genese und Aktualität des Hexenbildes. es 840
Bachtin: Die Ästhetik des Wortes. es 967
Barthes: Elemente der Semiologie. es 1171
– Kritik und Wahrheit. es 218
– Leçon/Lektion. es 1030
– Literatur oder Geschichte. es 303
– Michelet. es 1206
– Mythen des Alltags. es 92
– Das Reich der Zeichen. es 1077
– Die Sprache der Mode. es 1318
Beck: Risikogesellschaft. es 1365
Jürgen Becker: Ränder. es 351
– Umgebungen. es 722
Beckett: Fin de partie. Endspiel. es 96
– Flötentöne. es 1098
– Mal vu, mal dit. Schlecht gesehen, schlecht gesagt. es 1119
Samuel Beckett inszeniert Glückliche Tage. es 849
Benjamin: Aufklärung für Kinder. es 1317
– Briefe. 2 Bde. es 930
– Das Kunstwerk im Zeitalter seiner technischen Reproduzierbarkeit. es 28
– Moskauer Tagebuch. es 1020
– Das Passagen-Werk. 2 Bde. es 1200
– Über Kinder, Jugend und Erziehung. es 391
– Versuche über Brecht. es 172
– Zur Kritik der Gewalt und andere Aufsätze. es 103
Bernhard: Die Billigesser. es 1006
– Ein Fest für Boris. es 440
– Prosa. es 213
– Ungenach. Erzählung. es 279
– Watten. Ein Nachlaß. es 353
Bertaux: Hölderlin und die Französische Revolution. es 344
Biesheuvel: Schrei aus dem Souterrain. es 1179

3/1/6.87

3/4/6.87

3/5/6.87